すべては強く
なるために

玉村由起

Tamamura Yuki

文芸社

もくじ

挫折から未来へ

ほんの小さな傷が自分にはとても大きくて
長く時間を要した
時々　その小さな傷に
負けそうになりながらも
私は決して降参しなかった
自分が感じてきたことだけを信じ
ゆずれないものは
決してゆずることはなかった
すぐ目の前の波に乗っていれば
いくつかの島に辿り着くことが
出来たかもしれない
すぐ目の前の波に乗っていれば
かわいいイルカに出会えたかもしれない
でも私はその度にボートを留め
ゆっくりといつもの場所へと引き返した
たとえ時間がかかったとしても
私は　自分が一番行きたい
理想の島に辿り着きたかった

今やっとその島がみえてきた気がする

まだほんの一部分だけど

時々　雲が邪魔をして

見失ってしまいそうになるけれど

確かにそこにある

私が行きたい島がそこにある

目指す島がそこにある限り

私はボートをこぎ続ける

たまにキレイな魚に目を奪われながらも

こいでいるこの手を決して止める事はない

何故なら

私なりの生きる答えはそこにあるから

自分を押しつぶして生きていくのなら
きっと生きている意味はないだろう
自分を壊してしまうのなら
やっぱり生きていることはないだろう
もっと本能で生きているなら
きっとこんな風に考えることはないだろう
我慢しすぎてはいけない
自分で自分を壊してはいけない
そしてそれを見過ごしてはならない
決してあきらめず　探すんだ
たとえ見つからなくとも
今を生きるんだ

これで準備は整った
あとは私が前へ進むだけ

人生とは　挫折と葛藤
愛とは　その薬

もし　心を痛めた時には
無理をする必要はない
ゆっくり深呼吸して
治った時に思う存分やればいい
きっと輝ける

順序なんてどうでもいい
最後《おわり》が本物であれば

生きている意味

長い　くもり空だった。

どんよりした灰色の空から

太陽の光が　少し射すかと思いきや

全く　その姿は出さず。

いつもその光を探していたのに。

今日こそは見える　と信じていたのに。

たくさんの月日が流れた。

今日もまた

いつものくもり空だと思っていた。

それが違った。

ただ　ただ前を見て歩いていただけ。

それなのに気付かぬ間《ま》に

光が私を照らしていた。

私が行く先々に　光が。

今、やっと、本当に、歩き出せる。前へ。

今までがウソだったとは言わない。

けれど　自分では前を向いて歩いていたようで、

実は前を見ていなかったように思う。

郵便はがき

恐縮ですが
切手を貼っ
てお出しく
ださい

1 6 0 - 0 0 2 2

東京都新宿区
新宿 1－10－1
(株) 文芸社
ご愛読者カード係行

書　名				
お買上 書店名	都道 府県　市区 郡　書店			
ふりがな お名前			大正 昭和 平成　年生　歳	
ふりがな ご住所	□□□-□□□□		性別 男・女	
お電話 番　号	(書籍ご注文の際に必要です)	ご職業		

お買い求めの動機
1. 書店店頭で見て　2. 小社の目録を見て　3. 人にすすめられて
4. 新聞広告、雑誌記事、書評を見て(新聞、雑誌名　)

上の質問に 1. と答えられた方の直接的な動機
1. タイトル　2. 著者　3. 目次　4. カバーデザイン　5. 帯　6. その他(　)

ご購読新聞　新聞	ご購読雑誌

文芸社の本をお買い求めいただき誠にありがとうございます。この愛読者カードは今後の小社出版の企画およびイベント等の資料として役立たせていただきます。

本書についてのご意見、ご感想をお聞かせください。

① 内容について

② カバー、タイトルについて

今後、とりあげてほしいテーマを掲げてください。

最近読んでおもしろかった本と、その理由をお聞かせください。

ご自分の研究成果やお考えを出版してみたいというお気持ちはありますか。

ある　　ない　　内容・テーマ（　　　　　　　　）

「ある」場合、小社から出版のご案内を希望されますか。

する　　しない

ご協力ありがとうございました。

〈ブックサービスのご案内〉

小社書籍の直接販売を料金着払いの宅急便サービスにて承っております。ご購入希望がございましたら下の欄に書名と冊数をお書きの上ご返送ください。　（送料１回210円）

ご注文書名	冊数	ご注文書名	冊数
	冊		冊
	冊		冊

それは　私が　今が、生きていることが、
とても素晴らしく思えるから。

木々の隙間から心に照らす

喜びの光よ

気づかぬうちに　世はあたたかく

このなんでもない　いつもの道のり

短いけれど　深い道のり

時々聞こえてくる　小さな生き物達の会話

気にしていない振りをして

実はとてもよく耳を凝らしている

私は生きている　私も生きている

毎日この気持ちを味わえたらいいのに

気持ち次第で　いつでも変わるこの道

雲行きがあやしくて　やりきれない時でも

歩いて行かなければいけない　この道

どんなに辛くても　通らなければならない

この道

いつも辛いわけじゃない　この道

今日のこの日の様な　温かい日もある

だから私は毎日の様に　この道を歩く

それは　同じ様で

実は　いつも違う道を歩んでいるから

せっかく心を持って生まれてきたから
いっぱい感動しよう
笑われたっていい　泣いてもいい
たくさん感動しよう
観て　聞いて　感じて
どんなことも　経験し　体験しよう
あなたの人生は
どこで変わるか分からない
誰にも分からない

近くでもいい　遠くてもいい

たった一人の人でもいい

誰かの胸に届きますように

もし誰かの胸に届くことが出来るのなら

私という人間　私が生まれてきた意味

全てがクリアになる

そしてまた　新しい課題が生まれる

一つ物事がおわれば

また新しい何かがはじまる

そしてそれが

人として与えられた義務である気がする

ホタルが一生の命が短くても

懸命に輝く気持ちが分かる

セミも一生の命が短くても

うるさい位に懸命に鳴く気持ちが分かる

いつか死ぬことが分かっていても

やっぱり輝きたいから

生きている以上　命ある限り

やっぱり輝きたいから

すごくよく分かる　命短き生物たちの声が

人間も同じだから

希望を見失うことはあっても
決して絶望はしない
私にある明日の道はなんだろう
きっと明日にならないと分からない
本当は　全てはそれでいいのかもしれない

想うだけじゃ伝わらない
実行しなきゃ意味がない
叶えなきゃ意味がない

いつだってみんな答えを探している
その過程がドラマであって
それがその人の生きる意味である気がする

疲れたらたまに休めばいい
その分また歩き続ければいいのだから

今はまだ距離があっても　私は歩き続ける
もし途中　行き先に小さな石があり
つまずこうとも　私は泣かない
きっとまた前へ歩き出す

人間は最高に弱い
でも　生きるというエネルギーは
最高に強いのかもしれない

強さの種

怒りや悲しみは　何処からくるのだろう
私は考えた　私には難しすぎた
それでも考えた
はっきりした答えは見つからなかった
けれど　喜びや楽しさとは違い
とても複雑で
奥の深いものだということは分かった
だから　その怒りや悲しみを取り除く事は
とても難しい
出来る限り　抱かないようにした方がいい
もし　抱いてしまったら
早めに治した方がいい
私はそう思う
長びかせたら　その分傷は深くなる
そんな時　ふと周りを見渡してほしい
きっと自分の思っている世界は
とても小さいと感じるはず
そして　私達を包んでいるこの世界は

とても大きいものだと実感できるはず
つまり　怒りや悲しみは
自分の中から作り出している
それを自分の手で取り壊して
幸せと感じられる光を
今度は作り出せばいい
と私は考える

冷たい風は　実は

私に教えていた。

どんなに冷たくても　向かい風でも、

力強く、大地を踏みしめ、

前へ向かっていく強さを。

私にどんな風が来ても　耐えられる様にと、

強くしてくれていた

とても必要な風だった。

人は早くに成熟しすぎてはいけない
それは成長に逆らうことになる

完璧とは妥協しないことをいう

私の中の一本の糸は
ただの糸だけど
とても複雑で細い

暗闇から抜け出す方法は　ただ一つ
自分自身の中に
そう、気持ち一つで抜け出せる

目の前に　色々なシーンが映っても
自分の持っているものを信じてきた
どんなときも

常に快い気分を保つのは難しい
必要なのはそれにも勝る
実力と精神

出来ない時には　出来ない自分と向き合い
出来た時には
出来た自分を褒めてあげるといい

同じ考えをもっている人は　沢山いる
全てはいかに　それを貫くかで決まる

心が決まる
その時に発するエネルギーは
計り知れない

くじけそう　でも負けない
続ける勇気　逃げない勇気

自分の弱さを知ってこその強さ
自分の弱さから生まれる強さ

基準はいつも自分、それでいい
—自分にとって大切なものは
人それぞれ違うものだから—

夢をもつ
夢をもっている人は　みな
力を持っている

私は強くなるために　与えられた魂がある
それは　鍛えるために　精神を
体だけじゃない
全てのバランスをとるために

何も見えない時

生きている意味とか　どうしてここまで

一生懸命でないといけないのかとか

きりのない欲とか

悲しかったり　楽しかったりすることとか

今　目の前で起こっている現実とか

明日のために準備している今とか

嫌だけど我慢して

やらなければいけないこととか

人を愛して尽したりすることとか

酒を飲んでたくさん騒いで

その時は楽しんで

次の日は何事もなかったことかの様に

また日常が始まることとか

もっと簡単に

いつもの様に寝て

朝が来たらいつもの様に

起きている毎日とか

全ては一体何のために

自分が存在しているのかを

あなたは考えたことはありますか

私はあります

だって毎日分からないことだらけだから

私は

日が昇る明るい日差しの入る朝よりも

日が暮れて一日の終わりに向かう夕暮れに

生きていることを実感する

風と空気は私に

忘れそうな大切な何かを気付かせてくれる

そして

周りに起こる様々な出来事は

私達が人間であることを教えてくれる

今　確かに生きていると感じさせてくれる

意味のないことなんて

何一つないんだ

本当はみんな気付いている

どんな時も　どんな出来事も

自分に必要な空気なんだと

決して甘えることではなく
自分にやさしく生きよう

個性とは
内側から出る輝きであり
そしてその存在である

意味のあることに　いかに気付くか
そのことなど　何も感じられず
ただ流してしまうか
幸せを感じられる瞬間は
そこにかかっている

どんなに寄り道をしても
私の行き先は一つ

みんな生きている　命ある限り
一生懸命　自分なりに

全ては答えを知りたいから考える
全てはより良い結果を出すために考える

考えすぎたっていい
考えることには　全て意味がある

相手をなぐさめ、しかって、強くなれと
強い振りして弱い私
本当は自分が一番弱い
本当は自分が一番強くなりたい

時々生きていることが
無意味だと思うことがある
その度に思う
自分が存在している神秘さに

私はまだ　駆け出したばかり
大切なのはスピードじゃない
全力かどうかということ

無

月も星もない夜に
私はずっと願い事を言いたくて
じっと夜の空を眺めていた
結局　何も言えなくて
静かに体を休めている
何もない夜は
とても淋しくて　淋しくて
ただ　ひたすらペンを走らせる
すぐにつまずいて考えてみては
またすぐに歩き出す
それが私の日常で
自分はとてもちっぽけで
でも実は　幸せはすぐ目の前にあって
というべきか　いつも触れているのに
それを気付かないでいる
私は何度でも考える
今日のこの夜のように
そして次の日には　いつも

少しだけ新しい自分がいる
こうして私は毎日
終りのない道を歩いている

この想いは　何処に伝えよう
この澄みきった空に　溶かしてしまおうか
はたして　それで
私の想いは消えるのだろうか
私自身がこの空に溶け込んでしまえば
全て　この想いは消える気がする
ああ　いつも何かを求めてて
手さぐりのままでいる
そう　私の求めているモノは目に見えない
無色　透明　無方向
だから決して道に迷っているわけではない
常に探している　想いを抱きつつ

大切なものは目に見えず
どうでもいいはずのものは　すぐ見えて
なんとも空しい
だから私は　できるだけ無欲になる
現実は欲だらけ

興味をもったその瞬間《とき》から
可能性は生まれる

人生にはパーフェクトなど
存在しないから楽しい

どこまでも続く　この青空は

ただ　ただ真っ青で

終わりのない人道《みち》は　どこまでも続く

これが書ける時は未来がある時

気付いたことがある

自分はいつも

生と死の紙一重の所で生きていることに

輪

友よ　ありがとう

あなたは私を

こんなにも温かくしてくれる

離れていても　私の心の近くに在《あ》る

友よ　ありがとう

まだ弱い私を

全部見せたわけではないけれど

いや

きっとあなたには透《み》えているかもしれない

私という弱い人間を

どちらにせよ　あなたには隠せない

あえて隠す必要も

あえて口にする必要さえもないのだから

大切にしていきたい　友を

この想いを

どんな時も

あなたが存在《いる》ことを　決して忘れない

自分を許そう　他人を許そう
全てを許そう
それが出来た時　新しい答えが見つかる

決してみんな一人じゃない
もしあなたが一人でいるのなら
私があなたを照らしてあげる
必ず照らしてあげる

人の痛みが分かる人ほど
大きな人間《ひと》はいない

祈り

すぐそこ　すぐその目の前には
何があるのだろう
目の前が真っ白でも　じっとよく見てみて
小さくても　些細なものでも
必ず何かが見えるはず
見えている事に気付かないことがあっても
目の前に何も見る事の出来ない人は
いないのだから
私にできる事は何だろう
私達にできる事は何だろう
人は必ず死ぬのだけれど
何故　私達は生きる
何故　私達は一生懸命何かを
　　　やり遂げようとする
それはこの地球上から
姿は消えてなくなってしまっても
魂は消えない
相手に与えた温かい心、想いは

決してなくならないから
全ては次世代のために
私達は何もかもを残す
だからみんなで祈ろう
誰にでも平等な幸福を
自分だけでなく
自分を取り囲む身近な人達だけでもなく
命あるもの　全てのものに
地球の周りに存在する
宇宙という名の世界にも　偉大なる平和を
命が消えてしまっても　悲しむことはない
私達はいつでも同じ世界に存在する

私達は気付かなければいけない
くり返して良いものと
くり返してはいけないものを
そしてこの祈りを

自ら命を絶ってしまった人達は

きっと気付いてしまったんだ

自分をみつめ過ぎた　自分を知り過ぎた

多くを知り過ぎた　知ろうとしてしまった

この世の大きさよりも

自分が存在しているという大きさの方が

なによりも素晴らしいということを

実感し過ぎてしまったんだ

そして彼らは伝えたかった

この世に残された私達に

それを表現する為の最後の手段だったんだ

小さなビー玉は　時々
美しい輝きを放つ瞬間《とき》がある
私は　それを見逃さず
発見できる人でありたい

神は私達の心の中に存在する
そしてその心はひとつ

みんな仲間

国境も関係ない

私達はこんなに近くにいる

恐れることはない

肌が触れ合えば分かるだろう

私達は同じぬくもりを持っている

みんな一緒　みんな同じ

そしてそれは愛と知る

— Fin —

著者プロフィール

玉村 由起（たまむら ゆき）

1977（昭和52）年、神奈川県生まれ。
幼い頃より水泳·器械体操を続け、高校時代はソングリーダー（チアリーダーとダンスを融合したもの）として活躍。関東大会で3位、全日本チア・ソングリーダー選手権では6位入賞を果たす。
その後、ジャズダンスのインストラクターとして活動。
趣味は映画・絵画鑑賞。

すべては強くなるために

2003年12月15日　初版第1刷発行

著　者　玉村 由起
発行者　瓜谷 綱延
発行所　株式会社文芸社
〒160-0022　東京都新宿区新宿1－10－1
電話　03-5369-3060（編集）
03-5369-2299（販売）

印刷所　株式会社ユニックス

ISBN4-8355-6745-5 C0092